JE VEUX LIRE

Je suis malade

Patricia Jensen

Illustrations de Johanna Hantel

Texte français de Laurence Baulande

Éditions
SCHOLASTIC

Catalogage avant publication de Bibliothèque et Archives Canada

Jensen, Patricia

Je suis malade / Patricia Jensen; illustrations de Johanna Hantel;
texte français de Laurence Baulande.

(Je veux lire)
Traduction de : I Am Sick.
Public cible : Pour les 3-6 ans.
ISBN 0-439-94211-X

I. Hantel, Johanna II. Baulande, Laurence III. Titre.
IV. Collection : Je veux lire (Toronto, Ont.)

PZ23.J449Je 2006   j813'.54   C2006-902959-8

Édition publiée par les Éditions Scholastic, 604, rue King Ouest, Toronto (Ontario) M5V 1E1.

5 4 3 2 1   Imprimé au Canada   06 07 08 09

Note à l'intention des parents et des enseignants

Dès que l'enfant sait reconnaître les 56 mots utilisés
pour raconter cette histoire, il peut lire le livre en entier.
Ces 56 mots apparaissent tout au long de l'histoire pour que
les jeunes lecteurs puissent facilement les retrouver
et comprendre leur signification.

a	docteure	il	pour
à	dois	je	prends
achète	elle	la	que
ai	enfants	ma	regarde
aller	es	mal	reposer
as	et	malade	rien
au	éternue	me	sens
aussi	eu	médicament	te
autres	faire	mes	tête
chez	faut	mieux	toi
dans	fièvre	mon	tousse
de	fond	oreilles	tu
déjà	gorge	papa	va
dit	ici	peur	y

J'ai mal à la tête!
Et j'ai mal à la gorge aussi!

Je tousse.

J'éternue.

— Il faut aller chez la docteure,
dit papa.

8

J'ai peur.

Il y a d'autres enfants ici.

— Es-tu malade, toi aussi?

Que va faire la docteure?

— Tu as de la fièvre, dit-elle.

Elle regarde dans mes oreilles.

Elle regarde au fond de ma gorge.

— Tu dois te reposer, dit la docteure.

Papa achète mon médicament.

— J'ai eu peur pour rien!

Je prends mon médicament.

Je me sens déjà mieux!

JE VEUX LIRE

Des monstres!

Il faut ranger

Je choisis un ami

Je sais lire

Je suis le roi!

Je suis malade

Je suis une princesse

Le nouveau bébé

Ma citrouille

Ma nouvelle ville

Mes camions

Mon gâteau d'anniversaire